AF313502

# HIPPOLITE
## ET
## ARICIE,
## *TRAGÉDIE,*

REPRÉSENTÉE,

POUR LA PREMIERE FOIS,

PAR L'ACADEMIE-ROYALE

*DE MUSIQUE,*

Le Jeudi premier Octobre 1733.

Reprise le Mardi 11 Septembre 1742.

Le Vendredi 25 Février 1757.

Et remise au Théâtre le Mardi 10 Mars 1767.

### PRIX XXX. SOLS.

*AUX DÉPENS DE L'ACADÉMIE.*

A PARIS, Chés DE LORMEL, Imprimeur de ladite Académie, rue du Foin, à l'Image Sainte Genevieve,

*On trouvera des Livres de Paroles à la Salle de l'Opera.*

### M. DCC. LXVII.

*AVEC APPROBATION ET PRIVILEGE DU ROI.*

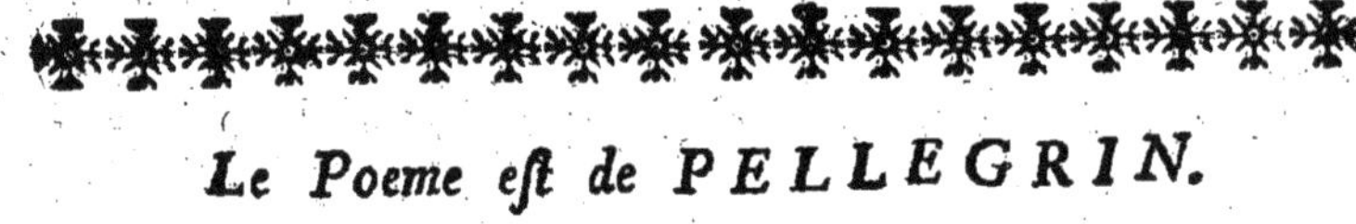

*Le Poeme eſt de* **PELLEGRIN.**

*La Muſique de* **RAMEAU.**

# ACTEURS CHANTANTS
## *DANS LES CHŒURS.*

| CÔTÉ DU ROI. | | CÔTÉ DE LA REINE. | |
|---|---|---|---|
| *Mesdemoiselles.* | *Messieurs.* | *Mesdemoiselles.* | *Messieurs.* |
| Durand. | Chicot. | D'alliere. | L'écuyer. |
| Guillaume. | Vaudemont. | Salaville. | Albert. |
| La Croix. | Héri. | D'agée. | Tourcati. |
| Delor. | Cailteau. | | Bourdon. |
| Barrage. | Lecoutre. | Adélaïde. | Desnoyers. |
| Delaistre. | Rose. | Duprat. | Vatelin. |
| Héri. | Robin. | Lebourgeois. | Feret. |
| Defontebles. | Antheaume. | Jouette. | Du Perrier. |
| Chenais. | Méon. | Desrosieres. | Boi. |
| | Botson. | Lemaire. | Laurent. |
| | | | Cavallier. |

## ACTEURS DE LA TRAGÉDIE.

| | |
|---|---|
| ARICIE, | M<sup>de</sup>. L'Arrivée |
| PHEDRE, | M<sup>lle</sup>. Dubois. |
| ŒNONE, | M<sup>lle</sup>. Dupont. |
| LA GRANDE PRÊTRESSE de DIANE, | M<sup>lle</sup>. Beaumesnil |
| DIANE, | M<sup>lle</sup>. Duplant. |
| HIPPOLITE, | M. Legros. |
| THÉSÉE, | M. Gélin. |
| THISIPHONE, | M. Durand. |
| LES PARQUES, | { M. Cavallier.<br>M. Durand.<br>M. Cassaignade |
| MERCURE, | M. Muguet. |
| PLUTON, | M. L'Arrivée. |
| UNE MATELOTTE, | M<sup>lle</sup>. Dubrieull |
| UNE CHASSERESSE, | M<sup>lle</sup>. Beaumesni |

PRÊTRESSES DE DIANE.

DIVINITÉS INFERNALES.

MATELOTS & HABITANTS de TRÉZEN

CHASSEURS & CHASSERESSES.

BERGERS & BERGERES.

*La Scêne est à Trézene, dans les Enfers & dans un Jardin délicieux, proche de la Forêt* ARICIE.

# PERSONNAGES DANSANTS.

## ACTE PREMIER.

### *PRÉTRESSES DE DIANE.*

M<sup>lle</sup>. GUIMARD.

M<sup>lles</sup>. GAUDOT, GRANDI.

M<sup>lles</sup>. Demiré, Rei, Adélaïde, Dauvilliers, Lafont, Delfevre, David, Ifoire, L'Huillier, Siane, Mimi, Patras.

## ACTE SECOND.

### *ESPRITS INFERNEAUX.*

M. LAVAL.

M<sup>rs</sup>. ROGIER, LEGER.

M<sup>rs</sup>. RIVIERE, GRANIER.

M<sup>rs</sup>. Trupti, Lani, c., Defpréaux, Gardel, c., Lieffe, Giguet, Aubri, Lani, 2.

## ACTE TROISIEME

### *MATELOTS* et *MATELOTES.*

M. DAUBERVAL, M<sup>lle</sup>. ALLARD.

M<sup>rs</sup>. MALTER, BEATE,

M<sup>lles</sup>. VERNIER, LEROI.

M<sup>rs</sup>. Cezeron, Doffion, Lebrun, Simonin, Larue, Legrand.

M<sup>lles</sup>. Lahaie, Dauvilliers, Sidonie, Ifoire, Hidoux, Saron.

# ACTE QUATRIEME.

## *CHASSEURS et CHASSERESSES.*

M. LANI, M^lle. ALLARD.

M. DAUBERVAL, M^lle. PESLIN.

M^rs. Trupti, Lieffe, Granier, Despréaux, Lani., c.,
Lani, 2., Aubri.

M^lles. Demiré, Delfevre, Gaudot, Dauvilliers,
David, Patras, L'Huillier, Siane.

# ACTE CINQUIEME.

## *BERGERS et BERGERES.*

M. GARDEL. M^lle. GUIMARD.

M^rs. ROGIER, LEGER, RIVIERE, GRANIER,
M^lles. GAUDOT, GRANDI, ADÉLAÏDE, LAFONT.

M^rs. Beate, Cezeron, Dubois, Doffion, Gardel, c.,
Simonin.

M^lles. Lahaie, Vernier, Dauvilliers, Leroi, Sidonie,
Laudeumier.

# HIPPOLITE

## ET

## ARICIE,

### *TRAGÉDIE.*

## ACTE PREMIER.

*Le Théâtre repréfente un temple confacré à* D**IANE** *: on y voit un autel.*

## SCENE PREMIERE.

### *A R I C I E , en Chafferefe.*

Emple facré, féjour tranquille,
  Où Diane aujourd'hui doit recevoir mes
      vœux,
A mon cœur agité daigne fervir d'afile
  Contre un amour trop malheureux !

Et toi, dont, malgré-moi, je rappelle l'image,
Cher Prince, fi mes vœux ne te font pas offerts,
Du-moins, j'en apporte l'hommage
A la Déeffe que tu fers.

Temple facré, féjour tranquille,
Où Dïane aujourd'hui doit recevoir mes vœux,
A mon cœur agité daigne fervir d'afile,
Contre un amour trop malheureux!

# SCENE II.

## HIPPOLITE, ARICIE.

### HIPPOLITE.

Rinceffe, quels apprêts me frappent dans ce
temple!

### ARICIE.

Dïane préfide en ces lieux;
Lui confacrer mes jours, c'eft fuivre votre exemple.

### HIPPOLITE.

Non, vous les immolés, ces jours fi précieux.

ARICIE.

# TRAGÉDIE

## *ARICIE.*

J'exécute du Roi la volonté suprême ;
A Théſée, à ſon fils, ces jours ſont odïeux ;

## *HIPPOLITE.*

Moi, vous haïr ! ô Ciel, quelle injuſtice extrême !

## *ARICIE.*

Je ne ſuis point l'objet de votre inimitié ?

## *HIPPOLITE.*

Je ſens pour vous une pitié
Auſſi tendre que l'amour même.

## *ARICIE.*

Quoi ? le fier Hippolite...

## *HIPPOLITE.*

Hélas !

Je n'en ai que trop dit ; je ne m'en repens pas,
Si vous aves daigné m'entendre :
Mon trouble, mes ſoûpirs, vos malheurs, vos appas,
Tout vous annonce un cœur trop ſenſible & trop
tendre.

## *ARICIE.*

Ah, que venes-vous de m'apprendre !
C'en eſt fait, pour-jamais, mon repos eſt perdu.

B

Peut-être votre indifférence
Tôt, ou tard, me l'auroit rendu ;
Mais votre amour m'en ôte l'espérance.
C'en est fait, pour-jamais, mon repos est perdu.

### HIPPOLITE.

Qu'entends-je ? quel transport de mon âme s'empare !

### ARICIE.

Oubliés-vous qu'on nous sépare ?
Quel temple redoutable, & quel affreux lien !
Hippolite amoureux m'occupera sans-cèsse ;
Même aux autels de la Déèsse,
Je sentirai mon cœur s'élancer vers le sien :
Diane & l'univers pour moi ne sont plus rien.
Hippolite amoureux m'occupera sans cèsse ;
Je vivrai, pour pleurer son malheur & le mien.

### HIPPOLITE.

Je vous affranchirai d'une loi si cruëlle.

### ARICIE.

Phedre sur sa captive à des droits absolus.
Que sert de nous aimer ? nous ne nous verrons plus.

### HIPPOLITE.

O Dïane ! protege une flâme si belle.

### ENSEMBLE.

L'Amour n offre à nos cœurs que d'innocents appas ;
Nous brûlons des plus pures flâmes,
Tu ne le défends pas,
Non, non, tu ne le défends pas,
Quand c'est par la vertu qu'il regne sur nos âmes.

# SCÈNE III.

## HIPPOLITE, ARICIE, LA GRANDE-PRÊTRESSE DE DIANE; PRESTRESSES DE DIANE.

### (ENTRÉE DE PRÊTRESSES.)

### CHŒUR.

**D**Ans ce paisible séjour,
Regne l'aimable innocence :
Les traits que lance l'Amour
Sur nous n'ont point de puissance ;
Nous jouissons à-jamais.
Des doux charmes de la paix.

(*On danse.*)
Bij

## LA GRANDE-PRÉTRESSE.

Dieu d'Amour , pour nos afiles
Tes tourments ne font pas faits :
Tous les cœurs y font tranquilles ,
Tes efforts font inutiles ;
Non , non , tu n'en peux troubler la paix.
Tes allarmes
Ont des charmes
Pour qui manque de raifon ;
Mais nos âmes
De tes flâmes
Reconnoiffent le poifon :
Va , fuis , perds l'efpérance :
Va , fuis , loin de nos cœurs :
Contre notre indifférence
Tu n'as point de traits vainqueurs.

*( On danfe. )*

## LA GRANDE-PRÉTRESSE ,
*alternativement avec le* CŒUR.

De l'Amour fuyés les charmes ,
Craignés jufqu'à fes douceurs ;
De fleurs il couvre fes armes ,

Mais les larmes,
Les allarmes.
Sont le prix des tendres cœurs.

(*On danse.*)

*LA GRANDE-PRÊTRESSE ET LE CHŒUR.*

La paix & l'indifférence
Comblent ici nos desirs;
Les biens que l'Amour dispense
Coûtent toûjours des soûpirs;
Dans le sein de l'innocence
Nous trouvons les vrais plaisirs.

(*On danse.*)

# SCÊNE IV.

PHEDRE, ŒNONE, GARDES;

ET LES ACTEURS DE LA SCÊNE PRÉCÉDENTE.

*PHEDRE, à ARICIE.*

PRincesse, ce grand jour, par des nœuds éternels,
Va vous unir aux Immortels.

*A R I C I E.*

Je crains que le ciel ne condamne
L'hommage que j'apporte au pié des saints autels.
Quel cœur viens-je offrir à Diane!

*P H E D R E.*

Quel discours!

*A R I C I E.*

Sans remords, comment puis-je, en ces lieux,
Offrir un cœur que l'on opprime?

*LE CHŒUR DES PRÉTRESSES.*

Non, non, un cœur forcé n'est pas digne des Dieux;
Le sacrifice en est un crime.

*P H E D R E.*

Quoi? l'on ôse braver le suprême pouvoir!

*LE CHŒUR.*

Obéissés aux Dieux; c'est le premier devoir.

*P H E D R E, à HIPPOLITE.*

Prince, vous souffrés qu'on outrage
Et votre pere & votre roi!

*HIPPOLITE, à PHEDRE.*

Vous savés quel respect à Diane m'engage;
Dès mes plus tendres ans je lui donnai ma foi.

*P H E D R E.*

Dieux! Thésée en son fils trouve un sujet rebelle!

**HIPPOLITE.**

Je fais tout ce que je lui doi ;
Mais ne puis-je pour lui faire éclater mon zele
Qu'en outrageant une Immortelle ?

**PHEDRE.**

Laiffés des détours fuperflus ;
La vertu, quelquefois, fert de prétexte au crime.

**HIPPOLITE.**

Quel crime ?

**PHEDRE.**

Je ne fais qui vous touche le plus,
De l'autel, ou de la victime.

**HIPPOLITE.**

Du-moins, par d'injuftes rigueurs,
Je ne fais point forcer les cœurs.

**PHEDRE.**

Périffe la vaine puiffance
Qui s'éleve contre les rois !
Tremblés ! redoutés ma vengeance ;
Et le temple & l'autel vont tomber à ma voix.
Tremblés ! jai fu prévoir la défobéiffance.
Périffe la vaine puiffance
Qui s'éleve contre les rois !

*( Bruit de trompettes. )*
*( Des Guerriers entrent & vont brifer l'autel. )*

*LA GRANDE PRÉTRESSE,*

*HIPPOLITE, ARICIE & le CHŒUR.*

Dieux vengeurs, lancés le tonnerre :
Périssent les mortels qui vous livrent la guerre !

( Bruit de tonnerre. )

(DIANE descend des cieux sur des nuages.)

## SCÉNE V.

DIANE & les Acteurs de la scène précédente.

*DIANE, à ses PRÉTRESSES.*

Tranquilles cœurs, qui vivés sous ma loi,
Ne vous allarmés pas d'un projet téméraire,
Vous voyés Jupiter se déclarer mon pere ;
Sa foudre vole devant moi.

(à PHEDRE.)

Toi, tremble, reine sacrilege !
Penses-tu m'honorer par d'injustes rigeurs ?
Apprends que Diane protege
La liberté des cœurs.

à

(*à* ARICIE.)

Et toi, triste victime, à me suivre fidele,
Fais toûjours expirer les monstres sous tes traits.

(*à* HIPPOLITE *&* *à* ARICIE.)

On peut servir Diane avec le même zele,
            Dans son temple & dans les forêts:
            Allés. Votre vertu m'est chere;
Et c'est au crime seul que je dois ma colere.

(DIANE *remonte aux* Cieux; *les* PRÊTRESSES
*rentrent dans le Temple,* & HIPPOLITE *emmene*
            ARICIE.)

C

## SCÊNE VI.

### PHEDRE, *seule.*

QUoi, la terre & le ciel contre moi font armés !
Ma rivale me brave, elle fuit Hippolite !
Ah ! plus je vois leurs cœurs l'un pour l'autre enflâmés,
　　Plus mon jaloux tranſport s'irrite.

　　Que rien n'échappe à ma fureur ;
Immolons à la fois l'amant & la rivale.
　　Haîne, dépit, rage infernale,
　　Je vous abandonne mon cœur !

## FIN DU PREMIER ACTE.

# ACTE SECOND.

*Le Théâtre repréfente l'entrée des Enfers.*

# SCÉNE PREMIERE.

## THÉSÉE; TISIPHONE.

### THÉSÉE.

L Aiffe-moi refpirer, implacable Furie.

### TISIPHONE.

Non, dans le féjour ténébreux
C'eft envain qu'on gémit, c'eft envain que l'on crie;
Et les plaintes des malheureux
Irritent notre barbarie.

### THÉSÉE.

Dieux! n'eft-ce pas affés des maux que j'ai foufferts?
J'ai vu Pirithoüs déchiré par Cerbere;

Cij

J'ai vu ce monſtre affreux trancher des jours ſi chers,
Sans daigner dans mon ſang aſſouvir ſa colere :
    J'attendois la mort ſans effroi,
    Et la mort fuyoit loin de moi.

### TISIPHONE.

    Eh ! croyois-tu que de tes peines
Le moment de ta mort fut le dernier inſtant ?
Pirithoüs gémit ſous d'éternelles chaînes ;
    Tremble ! le même ſort t'attend.

### THÉSÉE.

    Ah ! qu'avec lui je le partage
    Ce ſort, que tu viens m'annoncer !
Rends-moi Pirithoüs, je me livre à ta rage ;
Mais ſur lui, s'il ſe peut, cèſſe de l'exercer.

### ENSEMBLE.

| | |
|---|---|
| *TISIPHONE.* | C'eſt peu pour moi d'une victime. |
| *THÉSÉE.* | Contente-toi d'une victime. |
| *TISIPHONE.* | Non rien n'appaiſe ma fureur. |
| *THÉSÉE.* | Quoi ? rien n'appaiſe ta fureur ! |
| *TISIPHONE.* | Je dois porter par tout le ravage & l'horreur, |
| *THÉSÉE.* | Dois-tu porter plus loin le ravage & l'horreur, |
| *TISIPHONE.* | Lorſque par-tout je vois le crime. |
| *THÉSÉE.* | Quand ſur moi ſeul je prends le crime ? |

*( Le fond du théâtre s'ouvre : on y voit PLUTON ſur
ſon trône ; les trois PARQUES ſont à ſes piés. )*

## SCÈNE II.

### PLUTON, THÉSÉE, TISIPHONE;
les trois PARQUES; DIVINITÉS
INFERNALES.

#### THÉSÉE.

INexorable Roi de l'empire infernal,
    Digne frere & digne rival
    Du Dieu qui lance le tonnerre ;
Est - ce donc pour venger tant de monstres divers ,
    Dont ce bras a purgé la terre ,
Que l'on me livre en proie aux monstres des Enfers ?

#### PLUTON.

Si tes exploits sont grands, vois quelle en est la gloire;
Ton nom sur le trépas remporte la victoire ;
    Comme nous, il est immortel :
Mais, d'une égale main, puisqu'il faut qu'on dispense
    Et la peine & la récompense ,
N'attends plus de Pluton qu'un tourment éternel.
D'un trop coupable ami, trop fidele complice,
    Tu dois partager son supplice.

#### THÉSÉE.

Je consens à le partager ;

L'amitié, qui nous joint, m'en fait un bien suprême.
Non, de Pirithoüs tu ne peux te venger,
Sans me punir moi-même.
Sous les drapeaux de Mars unis, par la valeur,
Je l'ai vu, sur mes pas, voler à la victoire;
Je dois partager son malheur,
Comme il a partagé mes périls & ma gloire.

### PLUTON.

Mais cette gloire enfin falloit-il la ternir ?
Parle : le crime même a-t-il dû vous unir ?

### THÉSÉE.

Le péril d'un ami si tendre
Aux Enfers, avec lui, m'a contraint à descendre
Est-ce là le forfait que tu prétends punir ?

Pour prix d'un projet téméraire,
Ton malheureux rival éprouve ta colere ;
Mais, trop fatal vengeur, dequoi me punis-tu ?
Ah ! si son amour est un crime,
L'amitié, qui pour lui m'anime,
N'est-elle pas une vertu ?

### PLUTON.

Eh bien, je remèts ma victime
Aux Juges souverains de l'empire des morts.
Va, sors ; en attendant un arrêt légitime
Je t'abandonne à tes remords.

( THÉSÉE sort, suivi de TISIPHONE, )

# SCÈNE III.

PLUTON, les trois PARQUES,
DIVINITES INFERNALES.

*PLUTON, descendu de son trône.*

QU'à servir mon couroux tout l'Enfer se prépare :
  Que l'Averne , que le Tenare ,
  Le Cocite , le Phlégeton ,.
  Par ce qu'ils ont de plus barbare ,
  Vengent Proserpine & Pluton.

ʟᴇ *CHŒUR*, Que l'Averne, *&c.*

      ( *On danse.* )

   ʟᴇ *CHŒUR.*
  Pluton commande ;
  Vengeons notre roi :
  Pluton commande ;
  Suivons sa loi.

  Qu'ici l'on répande
  Le trouble & l'effroi.
Ne tardons pas , les moments sont trop chers ;
  Que cent gouffres ouverts
  Aux regards soient offerts ;

Que tout tremble;
Dans les Enfers ;
Qu'on y raffemble
Les feux & les fers.

( On danfe. )

# SCÈNE IV.

### THÉSÉE, TISIPHONE;

LES ACTEURS DE LA SCÈNE PRÉCÉDENTE.

#### *THÉSÉE.*

Dieux ! que d'infortunés gémiffent dans ces lieux !
Un feul fe dérobe à mes yeux ;
Par mes cris redoublés vainement je l'appelle ;
Mes cris ne font point entendus.
Ah, montrés-moi Pirithoüs !
Craignés-vous qu'à l'afpect d'un ami fi fidele,
Ses tourments ne foient fufpendus ?
Traîne-moi jufqu'à lui, trop barbare Euménide ;
Viens ; je prends ton flambeau pour guide.

#### *TISIPHONE.*

La mort, la feule mort a droit de vous unir.

#### *THÉSÉE.*

Mort propice, mort favorable,

Pour

Pour me rendre moins miserable,
Commence donc à me punir !

### *LES PARQUES.*

Du Deſtin le vouloir ſuprême
A mis entre nos mains la trame de tes jours ;
Mais le fatal ciſeau n'en peut trancher le cours
Qu'au redoutable inſtant qu'il a marqué lui-même.

### *THESÉE.*

Ah ! qu'on daigne, du-moins, en m'ouvrant les Enfers,
Rendre un vengeur à l'univers.

Puiſque Pluton eſt infléxible,
Dieu des mers, c'eſt à toi qu'il me faut recourir ;
Que ton fils dans ſon pere éprouve un cœur ſenſible !
Trois fois dans mes malheurs tu dois me ſecourir ;
Le fleuve, aux Dieux-mêmes terrible,
Et qu'ils n'ôſent jamais atteſter vainement,
Le Styx a reçu ton ſerment :
Au premier de mes vœux tu viens d'être fidele ;
Tu m'as ouvert l'affreux ſéjour,
Où regne une nuit éternelle ;
Grand Dieu, daigne me rendre au jour !

### *LE CHŒUR.*

Non, Neptune auroit beau t'entendre ;
Les Enfers, malgré lui, ſauroient te retenir.

D

On peut aifément y defcendre,
Mais on ne peut en revenir.

(*MERCURE defcend des cieux.*)

# SCÊNE V.

## MERCURE;

### ET LES ACTEURS DE LA SCÊNE PRÉCÉDENTE.

#### *MERCURE, à PLUTON.*

NEptune vous demande grâce
Pour un fils trop audacïeux.

#### PLUTON.

N'a-t-il pas partagé fon crime & fon audace,
En ouvrant, fous fes pas, la route de ces lieux?
Non, non; je dois punir un mortel qui m'offenfe.

#### MERCURE.

Jupiter tient les cieux fous fon obéiffance,
Neptune regne fur les mers;
Pluton peut, à fon gré, fignaler fa vengeance
Dans le noir féjour des enfers;
Mais le bonheur de l'univers
Dépend de votre intelligence

## PLUTON.

C'en eſt fait, je me rends ; ſur mon juſte couroux
Le bien de l'univers l'emporte.
De l'infernale nuit que ce coupable ſorte ;
Peut-être ſon deſtin n'en ſera pas plus doux ?
Vous, qui de l'avenir percés la nuit profonde,
Qui tenés dans vos mains & la vie & la mort,
Vous, qui reglés le ſort du monde,
Parques, annoncés-lui ſon ſort.

## LES TROIS PARQUES.

Quelle ſoudaine horreur ton deſtin nous inſpire !
Où cours-tu malheureux ? temble, frémis d'effroi !
Tu ſors de l'infernal empire,
Pour trouver les Enfers chés toi.

(PLUTON & toute ſa Cour ſe retirent.)

## SCÈNE VI.

THÉSÉE, MERCURE.

### THÉSÉE.

JE trouverois chés moi ces enfers que je quitte !
Ah ! je cede à l'horreur dont je me fens gla-
  cer....
Dieux, détournés les maux qu'on vient de m'an-
  noncer ;
Et, fur-tout, prenés foin de Phedre & d'Hippolite.

### MERCURE.

Il eft tems de revoir la lumiere des cieux.

### THÉSÉE.

Ciel ! cachons mon retour, & trompons tous les yeux.

*FIN DU SECOND ACTE.*

# ACTE TROISIEME.

*Le Théâtre repréſente, d'un côté, une partie du palais
de T H É S É E, ſur le rivage de la mer ; de l'autre,
des rochers : le fond eſt occupé par la mer.*

## SCÉNE PREMIERE.

### P H E D R É, ſeule.

Cruëlle mere des Amours,
Ta vengeance a perdu ma trop coupable race ;
    N'en ſuſpendras-tu point le cours ?
Ah ! du-moins, à tes yeux que Phedre trouve grâce.
    Je ne te reproche plus rien,
Si tu rends à mes vœux Hippolite ſenſible.
Mes feux me font horreur, mais mon crime eſt le
    tien ;
    Tu dois cèſſer d'être inflexible.

Mais pourquoi tous ces vains remords !
Ah! si j'en crois Arcas, mon cœur peut tout prétendre,
Théſée a vu les ſombres bords.
L'Enfer, pour me punir, pourroit-il nous le rendre !...

# SCENE II.

PHEDRE, HIPPOLITE, ŒNONE.

### HIPPOLITE.

REine, ſans l'ordre exprès, qui dans ces lieux
    m'appelle,
Quand le ciel vous ravit un époux glorïeux
Je reſpecterois trop votre douleur mortelle,
Pour vous montrer encor un objet odïeux.

### PHEDRE.

Vous l'objet de ma haîne ? o ciel, quelle injuſtice !
    Je dois diſſiper cette erreur.
Helas ! ſi vous croyés que Phedre vous haïſſe,
    Que vous connoiſſés mal ſon cœur !

### HIPPOLITE.

Qu'entends-je?à mes deſirs Phedre n'eſt plus contraire!
Ah, les plus tendres ſoins de votre auguſte époux
Dans mon cœur déſormais vont revivre pour vous !

### PHEDRE.

Quoi, Prince.....

### HIPPOLITE.

A votre fils je tiendrai lieu de pere ;
J'affermirai fon trône, & j'en donne ma foi.

### PHEDRE.

Vous pourriés jufques-là vous attendrir pour moi?
C'en eft trop ! & le trône & le fils & la mere,
Je range tout fous votre loi.

### HIPPOLITE.

Non ; dans l'art de regner je l'inftruirai moi-même ;
Je cede, fans regret, la fuprême grandeur.
Aricie eft tout ce que j'aime ;
Et fi je veux regner, ce n'eft que dans fon cœur.

### PHEDRE.

*(à* HIPPOLITE.*) (à part.)*

Que dites-vous ?... O ciel, quelle étoit mon erreur !

*(à* HIPPOLITE.*)*

Malgré mon trône offert, vous aimés Aricie !

### HIPPOLITE.

Quoi ! votre haîne encor n'eft donc pas adoucie

*PHEDRE.*

Tu viens d'en redoubler l'horreur.... :
Puis-je trop haïr ma rivale ?

*HIPPOLITE.*

Votre rivale ? je frémis !
Théfée eft votre époux, & vous aimés fon fils !
Ah ! je me fens glacé d'une horreur fans égale.
Terribles ennemis des perfides humains,
Dieux, fi promts autrefois à les réduire en poudre ;
Qu'attendés-vous ? lancés la foudre !
Qui la retient entre vos mains ?

*PHEDRE.*

Ah ! cèffe par tes vœux d'allumer le tonnerre.
Éclate, éveille-toi, fors d'un honteux repos ;
Rends-toi digne fils d'un héros,
Qui de monftres fans nombre a délivré la terre ;
Il n'en eft échappé qu'un feul à fa fureur ;
Frappe ! ce monftre eft dans mon cœur.

*HIPPOLITE.*

Grands Dieux !

*PHEDRE.*

Tu balances encore ?
Étouffe dans mon fang un amour que j'abhorre.

Je

Je ne puis obtenir ce funeste secours !
Cruël ! quelle rigueur extrême ?
Tu me haîs, autant que je t'aime !
Mais, pour trancher mes tristes jours,
Je n'ai besoin que de moi-même.

*( Elle prend l'epée d'*H I P P O L I T E*. )*

H I P P O L I T E, *en lui arrachant l'épée.*

Que faites-vous ?

P H E D R E.

Tu m'arraches ce fer ?
*( T* H É S É E *paroît.* )*

E

# SCÊNE III.

THÉSÉE ; & les Acteurs de la scêne précédente.

### THÉSÉE.

QUe vois-je ? quel affreux spectacle !

### HIPPOLITE.

Mon pere !

### PHEDRE.

Mon époux !

### THÉSÉE, *à part.*

O trop fatal oracle !
Je trouve les malheurs que m'a prédits l'Enfer.

( *à* PHEDRE. )

Reine , dévoilés-moi ce funeste mistere.

### PHEDRE, *à* THÉSÉE.

N'approchés point de moi ; l'amour est outragé ,
Que l'amour soit vengé.

# SCÊNE IV.

THÉSÉE, HIPPOLITE, ŒNONE.

### THÉSÉE, *à* HIPPOLITE.

SUr qui doit tomber ma colere ?
Parlés, mon fils, parlés ; nommés le criminel.

HIPPOLITE.

(*à* THÉSÉE.)          (*à part.*)

Seigneur... Dieux ! que vais-je lui dire ?

(*à* THÉSÉE.)

Permettés que je me retire ;
Ou plûtôt , que j'obtienne un éxil éternel.

(HIPPOLITE *fort.*)

## SCÈNE V.

THÉSÉE, ŒNONE.

THÉSÉE, *à part.*

QUoi ? tout me fuit ! tout m'aban-
donne !          (*à* ŒNONE.)
Mon épouse mon fils ! Ciel !.. Demeurés , Œnone.
C'est à vous seule à m'éclairer.
Sur la trahison la plus noire.

ŒNONE.

(*à part.*)
Ah ! sauvons de la reine & les jours & la gloire.

(*à* THÉSÉE.)
Un désespoir affreux.. pouvés-vous l'ignorer ?
Vous n'en avés été qu'un témoin trop fidele.

E ij

Je n'ôfe accufer votre fils ;
Mais, la Reine... Seigneur, ce fer, armé contreelle,
Ne vous en a que trop appris.

### THÉSÉE.

Dieux !.. Acheve.

### ŒNONE.

Un amour funeste....

### THÉSÉE.

C'en eft affés ; épargne-moi le refte.

# SCÊNE VI.

### THÉSÉE, feul.

Qu'ai-je appris ? tous mes fens en font glacés
d'horreur.
Vengeons-nous !.. quel projet ?.. je frémis, quand
j'y penfe :
Qu'il en va coûter à mon cœur !..
A punir un ingrat d'où vient que je balance ?
Quoi ? ce fang, qu'il trahit, me parle en fa faveur !..
Non, non, dans un fils fi coupable,
Je ne vois qu'un monftre effroyable :
Qu'il ne trouve en moi qu'un vengeur.

Puissant maître des flôts, favorable Neptune
Entends ma gémissante voix ;
Permèts que ton fils t’importune ,
Pour la derniere fois.
Hippolite m’a fait le plus sanglant outrage ,
Remplis le serment qui t’engage ;
Préviens, par son trépas , un désespoir affreux !
Ah ! si tu refusois de venger mon injure ,
Je serois parricide , & tu serois parjure ;
Nous serions coupables tous deux.

( *La mer s’agite.* )

Mais de courroux l’onde s’agite.
Tremble ! tu vas périr , trop coupable Hippolite.
Le sang a beau crïer , je n’entends plus sa voix.
Tout s’apprête à punir une offense mortelle ;
Neptune me sera fidele :
C’est aux dieux à venger les rois.

( *Des Matelots paroîssent.* )

On vient de mon retour rendre grâce à Neptune ,
Et je voudrois encor être dans les Enfers.
Fuyons une foule importune :
Ne puis-je disparoître aux yeux de l’univers ?

## SCENE VII.
### PEUPLES ET MATELOTS.

#### LE CHŒUR.

QUe ce rivage retentiſſe
De la gloire du Dieu des flôts :
Qu'à ſes bienfaits tout applaudiſſe ;
Il rend à l'univers le plus grand des héros.
Que ce rivage retentiſſe
De la gloire du Dieu des flôts.

*( On danſe. )*

#### UNE MATELOTE.

L'Amour, comme Neptune,
Invite à s'embarquer ;
Pour tenter la fortune
On ôſe tout riſquer.
Malgré tant de naufrages,
On ne voit que matelôts ;
On quitte le repos ;
On vole ſur les flôts ;
On affronte les orages ;
L'Amour ne dort
Que dans le port.

*( On danſe. )*

*FIN DU TROISIEME ACTE.*

# ACTE QUATRIEME.

*Le Théâtre repréfente, des deux côtés, un bois, confacré*
*à DIANE ; le fond eft occupé par la mer.*

## SCÈNE PREMIERE.

### HIPPOLITE, *feul.*

AH, faut-il, en un jour, perdre tout ce que j'aime !
Mon pere, pour-jamais, me bannit de ces lieux,
    Si chéris de Diane même ;
    Je ne verrai plus les beaux yeux
    Qui faifoient mon bonheur fuprême :
Ah, faut-il, en un jour, perdre tout ce que j'aime !
Et les maux que je crains, & les biens que je perds,
Tout accâble mon cœur d'une douleur extrême !
Sous le nüage affreux dont mes jours font couverts,
Que deviendra ma gloire aux yeux de l'univers ?
Ah, faut-il, en un jour, perdre tout ce que j'aime !

## SCÉNE II.

### HIPPOLITE, ARICIE.

#### ARICIE.

C'En eſt donc fait, cruël ! rien n'arrête vos pas?
Vous déſeſpérés votre amante.

#### HIPPOLITE.

Helas! plus je vous vois, plus ma douleur augmente;
Je ſens mieux tous mes maux, quand je vois tant d'appas.

#### ARICIE.

Quoi, l'inimitié de la Reine
Vous fait-elle quitter l'objet de votre amour ?

#### HIPPOLITE.

Non, je ne fuirois pas de cet heureux ſéjour,
Si je n'y craignois que ſa haîne.

#### ARICIE.

Que dites-vous?..

#### HIPPOLITE.

Gardés d'ôſer porter les yeux
Sur le plus horrible miſtere !
Le reſpect me force à me taire ;
J'offenſerois le Roi, Diane & tous les Dieux.

Ah!

*A R I C I E.*

Ah ! c'eft m'en dire affés. O crime !
Mon cœur en eft glacé d'épouvante & d'horreur.
Cependant vous partés, & de Phedre en fureur
       Je vais devenir la victime.

       ( *à part.* )

       Dieux, pourquoi féparer deux cœurs
        Que l'Amour a faits l'un pour l'autre ?
       ( *à HIPPOLITE.* )

       Eh ! quelle autre main que la vôtre,
Si vous m'abandonnés, peut effuyer mes pleurs ?

       ( *à part.* )

       Dieux, pourquoi féparer deux cœurs
        Que l'Amour a faits l'un pour l'autre ?
*H I P P O L I T E.*

Hé bien, daignés me fuivre.

*A R I C I E.*

                    O ciel ! que dites-vous ?
Moi, vous fuivre !
*H I P P O L I T E.*

                    Ceffés de croire
Que je puiffe oublïer le foin de votre gloire ;

                              F

En fuivant votre amant , vous fuivrés votre époux....

*A R I C E.*

Ah ! Dïane eſt inéxorable
Pour l'amour & pour les amants.

*H I P P O L I T E.*

A d'innocents deſirs Dïane eſt favorable ;
Qu'elle préſide à nos ſerments.

*E N S E M B L E.*

Viens , Reine des forêts, viens former notre chaîne ;
Nous allons nous jurer une immortelle foi :
Que l'encens de nos vœux s'éleve juſqu'à toi,
Sois toûjours de nos cœurs l'unique ſouveraine.

(*On entend un bruit de Cors.*)

*H I P P O L I T E.*

Le ſort conduit ici ſes ſujèts fortunés ;
Uniſſons-nous aux jeux qui lui ſont deſtinés.

# SCÈNE III.

## HIPPOLITE, ARICIE,

### Chasseurs & Chasseresses.

#### LE CHŒUR.

ANimons-nous à la victoire ;
Fefons par-tout voler nos traits :
Que les antres les plus fecrèts
Retentiffent de notre gloire :
Fefons par-tout voler nos traits.

(*On danfe.*)

#### UNE CHASSERESSE.

Amants, qu'elle eft votre foibleffe ?
Voyés l'Amour, fans vous allarmer ;
Ces mêmes traits dont il vous bleffe,
Contre nos cœurs n'ôfent plus s'armer.

Malgré fes charmes
Les plus doux,
Bravés fes armes,
Faites comme nous ;
Ofés, fans allarmes,
Attendre fes coups ;
Si vous combattés, la victoire eft à vous.

F ij

Amants, quelle eſt votre foibleſſe?
Voyés l'Amour, ſans vous allarmer;
Ces mêmes traits dont il vous bleſſe,
Contre nos cœurs n'ôſent plus s'armer.
Vous vous plaignés qu'il a des rigueurs,
Et vous aimés tous les traits qu'il vous lance !
C'eſt vous qui les rendés vainqueurs;
Pourquoi ſans défenſe
Livrer vos cœurs?
Amants, &c.

*( On danſe. )*

UNE *CHASSERESSE.*
A la chaſſe, à la chaſſe;
Armés-vous.
LE *CHŒUR.*
Courons tous à la chaſſe;
Armons-nous.
UNE *CHASSERESSE.*
Dieu des cœurs, cédés la place;
Non, non, ne régnés jamais.
Que Diane préſide;
Que Diane nous guide,
Dans le fond des forêts;
Sous ſes loix nous vivons en paix.
A la chaſſe, &c.            *(On danſe.)*

*UNE* **CHASSERESSE.**

Nos afiles
Sont tranquilles,
Non, non, rien n'a plus d'attraits :
Les plaifirs font parfaits,
Aucun foin n'embaraffe,
On y rit des Amours,
On y paffe les plus beaux jours.
A la chaffe, *&c.*

( *La mer s'agite ; on en voit fortir un monftre horrible.* )

*LE* **CHŒUR.**

Quel bruit ! quels vents ! O ciel ! quelle montagne
humide !
Quel monftre elle enfante à nos yeux ?
O Diane, accourés ; volés du haut des cieux !

*HIPPOLITE, s'avançant vers le monftre.*
Venés ; qu'à fon défaut, je vous ferve de guide.

*ARICIE.*

Arrête !... Il fuit... O fort affreux !
Diane - même l'abandonne !

( *Une vapeur enflâmée environne* HIPPOLITE, *&
le dérobe aux yeux.* )

*LE* **CHŒUR.**
Dieux ! quelle flâme l'environne !

*ARICIE.*

Quels nüages épais!.. Tout fe diffipe...hélas!
Hippolite ne paroît pas.
Je meurs.

(*ARICIE tombe évanouie & on l'emmene.*)

LE *CHŒUR.*

O difgrace cruëlle!
Hippolite n'eft plus.

# SCÈNE VI.

P H E D R E, C H A S S E U R S
& C H A S S E R E S S E S.

### P H E D R E.

QUelle plainte en ces lieux m'appelle !

### L E  C H Œ U R.

Hippolite n'eſt plus.

### P H E D R E.

Il n'eſt plus ! o douleur mortelle !

### L E  C H Œ U R.

O regrets ſuperflus !

### P H E D R E.

Quel ſort l'a fait tomber dans la nuit éternelle ?

### L E  C H Œ U R.

Un monſtre furieux , ſorti du ſein des flôts ,
Vient de nous ravir ce héros.

### P H E D R E.

Non , ſa mort eſt mon ſeul ouvrage ;
Dans les Enfers c'eſt par moi qu'il deſcend ;
Neptune de Théſée a cru venger l'outrage ;
J'ai verſé le ſang innocent !

Qu'ai-je fait ? quels remords !.. Ciel ! j'entends le
  tonnerre !
      Quel bruit ! quels terribels éclats ?
Fuyons... où me cacher ?.. je fens trembler la terre ;
      Les Enfers s'ouvrent fous mes pas.
Tous les Dieux, conjurés pour me livrer la guerre,
      Arment leurs redoutables bras.
      Dieux cruëls, vengeurs implacables,
Sufpendés un courroux qui me glace d'effroi !
      Ah, fi vous êtes équitables,
      Ne tonnés pas encor fur moi.
La gloire d'un héros, que l'impofture opprime,
      Vous demande un jufte fecours ;
Laiffés-moi révéler à l'auteur de fes jours,
      Et fon innocence & mon crime.

L E    C H Œ U R.

      O remords fuperflus !
      Hippolite n'eft plus.


*FIN DU QUATRIEME ACTE.*

ACTE

# ACTE CINQUIEME.

*Le Théâtre repréſente un jardin délicieux.* ARICIE
*y paroît, couchée ſur un lit de verdure.*

## SCÉNE PREMIERE.

### ARICIE, ſeule.

Où ſuis-je ? de mes ſens j'ai recouvré l'uſage !
    Dieux, ne me l'avés vous rendu,
    Que pour me retracer l'image
    Du tendre amant que j'ai perdu !
             ( *La clarté redouble.* )
Quels doux concerts ? quel nouveau jour m'éclaire ?
    Non, non ; ces ſons harmonïeux,
    Ce Soleil, qui brille à mes yeux,
Sans Hippolite, helas ! rien ne me ſauroit plaire.

                      G

Mes yeux, vous n'êtes plus ouverts
Que pour verſer des larmes.

Envain d'aimables ſons font retentir les airs ;
Je n'ai que des ſoûpirs, pour répondre aux concerts
Dont ces lieux enchantés viennent m'offrir les
charmes.

Mes yeux, vous n'êtes plus ouverts
Que pour verſer des larmes.

( *Diane deſcend des cieux.* )

## SCÈNE II.

DIANE, ARICIE, BERGERS,

& BERGERES.

LE CHŒUR.

DEſcendés, brillante Immortelle ;
Regnés, à-jamais, dans nos bois.

ARICIE.

Joignons nous aux voix
De cette troupe fidele.
Deſcendés, brillante Immortelle.

ARICIE, & le CHŒUR. Regnés, &c.

DIANE, aux BERGERS.

Que j'aime à me voir parmi vous,
Peuples, toûjours foûmis à mon obéiffance!
Je fais mes plaifirs les plus doux
De regner fur des cœurs où regne l'innocence.
Pour difpenfer mes loix, dans cet heureux féjour,
J'ai fait choix d'un héros, qui me chérit, que j'aime;
Célébrés cet augufte jour:
Que pour ce nouveau maître, ainfi que pour moi-
même,
Les plus beaux jeux foient préparés:

(à ARICIE.)

Allés en prendre foin. Vous, Nimphe, demeurés.

****************************

# SCÈNE III.

DIANE, ARICIE.

DIANE.

ET vous, troupe à ma voix fidele,
Doux Zéphirs, volés en ces lieux:
Il eft tems d'apporter le dépôt precieux
Que j'ai commis à votre zele.

( Les ZÉPHIRS amênent HIPPOLITE dans un nuage.)

## SCÈNE IV.

DIANE, HIPPOLITE, ARICIE.

*HIPPOLITE* et *ARICIE.*

HIPPOLITE. ARicie, eſt-ce vous que je voi ?
ARICIE. Hippolite, eſt-ce vous que je voi ?
Que mon ſort eſt digne d'envie !
Le moment qui vous rend à moi,
Eſt le plus heureux de ma vie.

### DIANE.

Tendres amants, vos malheurs ſont finis ;
Pour votre himen tout ſe prépare :
Ne craignés plus qu'on vous ſépare,
C'eſt moi qui vous unis.

( *Bruit de muſetes.* )

### DIANE

Les habitants de ces retraites
Ont préparé pour vous les plus aimables jeux ;
Et déja leurs douces muſetes
Annoncent le moment heureux,
Où vous allés régner ſur eux.

# SCÈNE V.

DIANE, HIPPOLITE, Habitants de la Forêt ARICIE.

(Entrée de Bergers.)

*le* CHŒUR.

Chantons, sur la musete,
    Chantons.
Au son qu'elle répete,
    Dansons.
Que l'Echo fidele
Rende nos chansons,
    Chantons, &c.
Bergere trop cruëlle,
Goûtés les tendres leçons.
Chantons, sur la musete,
    Chantons, &c.

(*On danse.*)

HIPPOLITE.
La jeune beauté qui m'enflâme
Fait triompher l'Amour, par ses divins appas.
Il brille dans ses yeux, il vole sur ses pas
    Que sans-cèsse il regne en son âme.

Un seul de ses regards m'enchaîna sous sa loi:
Mais s'il n'est point de Nimphe aussi charmante
    qu'elle,
On ne verra jamais un amant plus fidèle,
    Ni plus tendre que moi.

    La jeune beauté qui m'enflâme, *&c.*

               *( On danse.)*

### A R I C I E.

Rossignols amoureux, répondés à nos voix;
    Par la douceur de vos ramages,
    Rendés les plus tendres hommages
A la Divinité qui regne dans nos bois.

    *( Un ballet général termine l'Opera.)*

### F I N.

---

### *APPROBATION.*

J'Ai lu, par ordre de Monseigneur le Vice-Chancelier, cette nouvelle Édition d'*Hippolite* & *Aricie*, tragédie, dont l'impression ne peut être qu'approuvée. A Paris ce 27 Janvier 1767.

DEMONCRIF.

www.ingramcontent.com/pod-product-compliance
Ingram Content Group UK Ltd.
Pitfield, Milton Keynes, MK11 3LW, UK
UKHW022134170726
13837UKWH00004B/1549